Le Ciel des Oiseaux blessés
Contes de l'espoir
3ème édition révisée

Svétoslava Prodanova-Thouvenin

Le Ciel des Oiseaux blessés
Contes de l'espoir
3ème édition révisée

Avec les illustrations de l'auteur

Rédaction linguistique et technique
par Patrick Thouvenin

© 2011   Svétoslava Prodanova-Thouvenin

Éditeur : Books on Demand GmbH, 12/14 rond-point des Champs Élysées, 75008 Paris, France
www.bod.fr

Impression : Books on Demand GmbH, Norderstedt, Allemagne

• 1ère et 2ème éditions :
ISBN 978-2-8106-1874-3
Dépôt légal : juin 2010 & décembre 2010

• 3ème édition révisée :
ISBN 978-2-8106-1342-7
Dépôt légal : août 2011

À Toi qui remplit les Cieux,
À Toi qui guérit les cœurs !

Table des matières

– Tout ce qui brille
   (La pie)
– La voie retrouvée
   (Le rossignol)
– Mon pays, mon peuple
   (L'oie sauvage)
– Les retrouvailles de l'amour
   (La mouette)
– Le rêve d'un nuage
   (La chouette blanche)

Tout ce qui brille
(La pie)

Aïe ! — sa poitrine se heurta contre une surface brûlante qui volait fort vite et cela lui fît très mal. La petite pie tomba lourdement sur les pavés sales, la voiture qui l'avait percutée s'en alla à toute vitesse la laissant abasourdie à côté de la route, une rue bordée des arbres tristes et d'immeubles somnolant dans la chaleur, la poussière et les bruits habituels d'un midi ordinaire du mois d'août... En vraie pie, le jeune oiseau poussa quelques claquements de bec mais personne n'y prêta attention... Fidèle à la joyeuse ténacité de sa race, la brave pie secoua énergiquement sa tête et promena son regard luisant alentour en cherchant des solutions. En même temps elle essayait de comprendre l'accident qui l'avait mise dans cette situation déplorable...

Elle avait quitté le nid paternel pour la première fois à l'aube dans la folle espérance de devancer le soleil torride et de trouver de l'eau avant que, telle une plaie brûlante, il n'envahisse le ciel. Le ciel très probablement en avait aussi mal qu'elle avec ce choc contre la voiture fonçant au-dessus des pavés. Pourtant elle avait suivi le conseil de sa mère !

– Tu vois ce morceau – lui avait-elle dit en montrant fièrement un débris de verre précieusement gardé dans le nid ! – L'eau sous le soleil c'est pareil ! – le verre lui renvoyait dans les yeux grand ouverts et brillants un peu de lumière assombrie, presque morte. Ce n'était pas très joli ni très convainquant, et le petit oiseau curieux quitta le nid poussé plus par la contrainte que par l'enthousiasme... Et, la voilà maintenant dans des beaux draps !

La pie se secoua prudemment et jeta un regard furtif autour d'elle. Rien, que des rayons de soleil éblouissants dans lesquels, prisonnières malheureuses, dansaient des petites mouches attirées comme elle tout à l'heure par la fascinante force de la lumière... Leçon première à tirer de cette expérience désastreuse : tout éclat de la lumière n'est pas à faire rêver... La pie se mit à nettoyer ses plumes abîmées par l'impact des vitres poussiéreuses de la voiture. Cela l'occupa un moment et lui permit de surmonter la douleur dans la poitrine et la déception de la première catastrophe de sa vie autonome. Et aussi de se rappeler qu'il lui fallait chercher un point d'eau pour désaltérer son corps blessé, chercher une occasion de réussir pour satisfaire sa soif de justice et son amour-propre. La nécessité impérieuse d'un succès ralluma son optimisme naturel. À cet instant même, une petite tache de brillant surgit en descendant les étages d'un immeuble et se mit à papillonner autour de l'oiseau l'invitant d'oser un vol vers les toits. La pie, le cœur assoiffé du bonheur, crut le bon augure et suivit la lumière en surmontant la gêne dans la poitrine... Bientôt elle se trouva face à un miroir placé trop près de la fenêtre, de l'autre côté des vitres dont elle avait appris à se méfier... Semble-t-il que certains bons augures sont là juste pour vous épuiser davantage !

La glace lui envoya l'image d'un oiseau hardi aux yeux pétillants d'intérêt pour la vie mais l'air un peu fatigué. La pie inclina sa tête pour faire poliment connaissance, l'oiseau d'en face fit autant. Un oiseau bien éduqué. La pie lui fit signe de son désir d'être accompagnée dans la recherche de l'eau, et son nouveau camarade répéta le geste avec exactitude mais resta à sa place avec un brin d'angoisse dans le regard. C'est là que la petite pie s'aperçut de quelques plumes abîmées sur la poitrine de son copain... mais c'était elle ! cet oiseau courageux et désemparé à la fois !

Elle resta immobile un instant à contempler le reflet de sa stupéfaction mécontente puis tourna le dos au miroir et à ses clartés mensongères. Où est-il l'éclat qui apaise la soif et l'angoisse ? Maman, ton trophée « précieux » ne m'a rien appris ! Je ne veux pas mourir de soif en admirant ma propre personne dans la prétendue brillance d'un morceau de verre qui se croit source de lumière... Je veux la lumière, la vraie, celle du ciel qui descend dans les ruisseaux pour les rendre visibles aux âmes assoiffées...

La pie éleva ses yeux vers la coupole auréolée du ciel comme pour une prière désespérée, un fin rayon du soleil plongea dans ses prunelles puis tendit sa flèche lumineuse vers l'horizon — la vraie guidance montre toujours un horizon à la portée de nos ailes — et la pie le suivit dans un dernier élan de ses forces combatives, s'arracha à l'univers triste et dangereux de la rue, du quartier, de la ville, survola un pré aux joyeuses couleurs du printemps et vit de loin quelques lueurs de la même gamme de la palette, lumières ondulées par une force douce et rafraîchissante qui est celle des eaux vives...

Le rayon du soleil descendit l'oiseau épuisé sur la rive et les gouttes du clair vivifiant lui donnèrent leur puissance qui affermit le corps et l'esprit par une leçon de vérité. Dans la fraîcheur du soir la jeune pie commença à bâtir son nid avec une seule idée qui l'animait après ce jour de quête : d'élever ses oisillons tout près de la vraie lumière.

Le bras tendre et subtil du soleil couchant tout doucement embrassa la petite construction près des eaux de sa chaude étreinte...

La voie retrouvée
(Le rossignol)

La lune s'arrêta au-dessus des cimes des arbres et, l'air rêveur, s'adonna au plaisir d'écouter le chant du rossignol. Il lui semblait que les sons enchanteurs pouvaient faire résonner même son tympan de cuivre lumineux... l'arracher au silence, inciter à chanter les cordes claires de ses rayons... Seul le rossignol pouvait réveiller ces pensées en elle !... Quand il chantait chaque note devenait une fée de la musique qui opère des merveilles — un don du ciel, ce chant envoûtant qui aligne les étoiles stupéfaites comme des notes dans une partition, comme des choristes heureuses de chanter avec lui, avec ce tout petit oiseau, leur gratitude à la puissance céleste qui les avait appelées à la vie !...

Le rossignol chantait, conscient de la puissance enchanteresse de sa voix. Le vent du Sud ne soufflait plus, le ruisseau retenait l'harmonie vibrante de ses eaux, les cigales quelque part découragées rangeaient leurs violons dans les herbes et dans la simplicité de leurs petits cœurs, sans jalousie, décidaient de ne plus jamais jouer...

Seul le vent du Nord ne voulait pas succomber au charme du chant berçant les nuits d'été. Le vent du Nord n'aime pas la douceur d'air qui fait les cœurs rêver... Un cœur qui rêve n'est pas un cœur qu'on peut arracher à la magie ensoleillée de l'été. Le vent du Nord déteste le rossignol, ses cantiques, la puissance mystérieuse de l'air dans lequel flotte un parfum de musique. Il sifflait sa menace glaçante et rassemblait ses forces néfastes à l'autre bout de l'horizon...

Ignorant le danger, absorbé par sa symphonie et fier de son talent, le rossignol chantait et enchantait. Nuit après nuit les trilles de ses airs inspirés envahissaient la forêt et faisaient briller plus fort les étoiles. En ce temps l'horizon s'obscurcissait un peu plus à chaque coucher du soleil, le vent du Nord grondait, soufflait le froid et préparait son attaque... Une attaque contre la beauté de l'Univers immense et étoilé dont, sans même se rendre compte, le rossignol était devenu le chantre — le talent si souvent n'a pas conscience des responsabilités qui lui sont confiées !...

Le ciel devint écarlate comme une veine ouverte avant qu'arrive un crépuscule noir et étouffant telle une fumée venue des profondeurs d'abîmes inconnus. Une spirale d'air glacé chassa le souffle caressant du Midi, secoua les arbres, piétina les herbes et prit dans son mouvement impitoyable le rossignol... Le plus courageux des grésillons essaya, à force de musique, de faire obstacle à cet adversaire effrayant, mais les sons doux de son violon se noyèrent dans le bruit de la tempête. Broyé par le souffle givré, le rossignol battait des ailes et perdait sa voix ! L'Univers, muet de douleur, faisait ses adieux aux charmes du chant inspiré...

... Un petit oiseau gris à gorge nouée écoutait la cantate ensoleillée du début de l'été. Une année du silence ! Le rossignol ne chantait plus, il ne ressemblait même pas aux autres oiseaux qui, eux, pouvaient animer l'air doré de leur voix. Dans les herbes chuchotantes les grésillons essayaient leurs violons et préparaient un grand concert sous la coupole étoilée de la nuit estivale. Même eux, admirateurs inconditionnels du rossignol, semblait-il l'avaient oublié... Le ciel ruisselait une lumière généreuse rappelant au petit oiseau gris les jours de sa gloire.

Tout près, un couple de mésanges apprenait le vol à ses petits — les oisillons maladroitement imitaient l'envol des parents, un peu trop brusque au goût du rossignol. Le pauvre oiseau gris se souvint de son aspiration à la perfection, l'appel du ciel à l'exception, un appel qu'il avait presque oublié. Dans un transport d'esprit retrouvé il s'envola emporté par un mouvement élégant et inspiré, et élevé jusqu'aux nues sur les tourbillons d'un vol beau à couper le souffle baigna ses ailes dans la lumière abondante et victorieuse de l'été, entraînant les oisillons mésanges dans la voie céleste, tracée des rayons bienveillants, celle de la perfection exceptionnelle... Haut, plus haut, très haut, jusqu'à la profondeur azurée où la lumière puise sa force...

Le ciel portait dans ses bras radieux les oiseaux, affirmant son soutien à tout désir de bien et de beauté d'exception, réitérant son appel... La chaleur des rayons guérissait la gorge muette, et des sons exquis accompagnèrent le vol vers les étendues bleues, teintées de l'or...

Les grésillons jouèrent la musique la plus belle de leur vie à la gloire de la lumière céleste... La douceur de la nuit d'été vint avec le chant du rossignol accompagné par le premier cantique des oisillons. Même les mésanges chantaient à faire briller les étoiles sur le ciel de la perfection...

Mon pays, mon peuple
(L'oie sauvage)

L'horizon s'enflammait comme si le vent impétueux attisait ses ardeurs. Ce vent qui tel un mur d'air froid la séparait de plus en plus des autres oies, l'emportait, la chahutait, lui coupait le souffle... L'éventail vivant de ses amis disparaissait dans l'or chaud du Levant sans même s'apercevoir de son absence. Le vent la prit une dernière fois dans son tourbillon, puis la laissa tomber sur le sol dur et inhospitalier d'une contrée étrangère...

Le paysage monotone lui permit de rassembler ses forces sans prêter attention aux détails. La brume du matin gommait les traits gris d'une plaine à perte de vue sans moindre signe de vie... Elle s'était perdue, perdue au milieu de nulle part... loin de la présence amicale de ses compagnes de route. Cette plaine ne lui présentait aucun repère, ne lui laissait aucune trace sur laquelle elle pourrait retourner et retrouver son chemin. Ce dépaysement était d'autant plus douloureux car il était inattendu et contraire à l'espoir qui animait son départ des terres natales.

L'oie sauvage ferma les yeux et appela dans son esprit le souvenir heureux du lac aux couleurs empreintées aux roseaux qui l'environnaient tout autour. À la moindre caresse du vent les roseaux chuchotaient leurs petits secrets, se courbaient jusqu'à l'eau pour y mieux voir la sveltesse de leurs corps élancés, et le lac prenait les allures d'un œil vert allumé du feu du soleil et vivifié par les ombres des roseaux... C'était son pays où la lumière se conciliait avec le crépuscule, et la chaleur de l'air avec la fraîcheur des eaux... Les eaux qui reflétaient son rêve d'elle-même — les silhouettes élégantes des cygnes, silencieuses et lentes, sûres de leur beauté et de leur grandeur, et en même temps si discrètes qu'elles faisaient presque partie du paysage de son pays. Son pays, son rêve osé d'elle-même, peut-être un jour... elle serait comme ces oiseaux si différents des autres...

    Son rêve, il est resté là-bas, sur les rives marécageuses de son lac... Pourquoi l'a-t-elle quitté ?... Allait-elle périr de faim et de froid en entendant le bruit des herbes sèches sous le sifflement glaçant du vent qui l'y avait amenée. Ses pensées la faisaient souffrir plus que l'estomac vide et la bise qui sans pitié se glissait sous ses plumes et réveillait des frissons, ces frissons qui la traversaient sans cesse... La souffrance l'obligea d'oublier le pays des roseaux, et pour se donner du courage elle évoqua dans sa pensée l'image réconfortante de ce grand morceau de pain, tombé du ciel un jour de pèlerinage douloureux loin de ses pénates, là où les derniers immeubles de la ville semblaient sortir prendre l'air dans les champs... Ce morceau de pain dont le ciel avait rassasié sa faim et consolé son angoisse, elle s'en souviendra plus longtemps que des roseaux, elle s'en souviendra toujours... Le ciel ne manquera pas de miséricorde cette fois-ci encore, le ciel, cette patrie éternelle des oiseaux blessés, plus belle que le velours du lac, plus tendre que le chant des roseaux ! Fallait-il chercher un autre pays pour y réfugier ses espoirs ?

Le paysage de désolation alentour l'enveloppait de solitude car ce désert gris résonnait d'un silence presque total. Pas de cris d'oiseaux pour égayer l'étendue des herbes anéanties par le vent et le soleil, desséchées, qui tristement obéissaient à la violence des bourrasques. Le silence l'écrasait. Le silence de l'air et des herbes donnait la parole au regret de cette complicité des ailes qui entourent le vol vers le pays promis, qui touchent, qui effleurent l'extrémité de tes ailes, cette camaraderie de vol qui engendre le sentiment d'unité, qui fait des oiseaux pèlerins un peuple... Mon peuple, pourquoi m'as-tu abandonnée, pourquoi m'as-tu laissée en arrière, les ailes sans force, le cœur sans ami ? Pourquoi as-tu continué ton voyage sans moi ?

Dans le ciel obscur apparurent les premières étoiles, petites graines de lumière éparpillées sur l'aire céleste comme des oiseaux en vol, comme une promesse de pain qui ne manquera pas aux affamés. La petite oie sauvage mit sa tête sous son aile, ferma les yeux et sourit à son rêve dans lequel les étoiles devenaient tour à tour des oiseaux lumineux qui accompagnaient son vol, et morceaux de pain qui rassasiaient son désir de paix et de chaleur...

Ainsi arriva le matin, voilé d'une brume grisâtre. Puis, les couleurs douces de l'or et de l'argent paraient un ciel qui timidement dévoilait son bleu. Les étoiles, énormes, descendaient dans les herbes jaunies pour se transformer en étincelles de rosée et abreuver l'aube naissante... Des vapeurs cachaient l'horizon lorsqu'au loin un nuage d'oiseaux blancs, telle une constellation nouvelle, envahit les airs par le bruit des ailes et l'appel des chants... Des cygnes ! Toute jeune l'oie sauvage avait rêvé d'être comme eux... Leur arrivée dans le pays de son désespoir n'était-il pas signe encourageant ? Elle approcha les oiseaux majestueux avec crainte. Le plus fort des cygnes posa sa tête sur son cou, protecteur et amical à la fois. C'était comme retrouvailles avec sa famille, avec son peuple. Comme si les étoiles du ciel, compagnes fidèles de son rêve, venaient la chercher pour l'amener dans sa vraie patrie. Comme si le rêve avait puisé sa force d'accomplissement dans la mémoire de sa gratitude qui l'avait arrachée au désespoir...

Le cygne protecteur cria fort pour le départ. L'oie sauvage, emportée par la joie, suivit son envol, entourée de ses nouveaux amis. Le ciel alluma tous ses feux pour leur montrer le chemin...

40

Les retrouvailles de l'amour
(La mouette)

La maison était tout près de la mer, fenêtre unique sur l'azur des vagues... Derrière, là où commençait la terre — sableuse, salée, aride — la basse-cour remplissait l'air humide de son incessant tapage. La mouette blessée échoua au milieu de ses querelles, des petits cris des poussins et de l'épouvante perpétuelle des poules. Tout ce chaos bruyant lui ferait peur si elle n'était pas épuisée et envahie par la douleur. La mouette resta blottie sur le sable blanc, un peu aveuglée par les reflets du soleil, l'aile cassée étendue sans vie sur les graines croustillantes et chaudes qui gardaient encore le parfum âpre de la mer...

Personne ne s'aperçut de son naufrage — sous le soleil brûlant les poules et les canes cherchaient l'ombre du poulailler pour y abriter leurs petits, le coq sommeillait un peu plus loin, rassurante présence de force abrutie par la chaleur...

La mouette se traîna péniblement sur le sable pour pouvoir profiter de l'ombrage d'un acacia, le seul représentant du monde vert d'ailleurs, de l'arrière-pays, qui avait choisi le sol amer de la côte pour la joie de rendre service à l'âme accablée...

– Tiens, une mouette ! — une voix douce l'arracha à la fatigue – Elle semble malade... — et deux mains blanches comme l'écume des vagues l'enveloppèrent de leur caresse et la portèrent jusqu'à la maison pour la déposer dans un lit improvisé fait de vêtements usés qui sentaient la mer et la lavande. Puis les mêmes mains revinrent avec un bol de soupe et gentiment la forcèrent à manger. Après le repas la mouette se laissa emporter par le bruit des flots lointains et s'endormit tandis que les mains blanches pansèrent son aile et s'adonnèrent à leurs tâches quotidiennes...

Le matin arriva avec la caresse saumâtre du souffle de la mer et réveilla la douleur dans l'aile brisée, et avec elle, le souvenir de l'oisillon arraché au nid par la bourrasque, du vol vertigineux devant la falaise pour le rattraper au vide — le vide qui a blessé son aile et son âme... Elle ferma les yeux pour laisser glisser une larme comme une goutte salée et amère de cette immense mer qui avait accueilli son enfant... En ouvrant les yeux elle vit s'avancer vers son aile endolorie la main claire, elle sentit la douceur de sa tendresse, et elle avala les larmes qui lui faisaient mal à la gorge. La vie sur la terre et au-dessus de la mer est parfois très dure, et la mouette avait appris qu'il faut être reconnaissant quand une nouvelle tendresse vient nous consoler pour un amour disparu. C'est là la sagesse du ciel, infini comme la mer lui aussi, qui sait remplacer l'ardeur du soleil par les étincelles des étoiles... Dans leur cycle lumineux la Terre tourne, tournent la mer et la falaise, avec la falaise tourne la petite maison, et la mouette se laisse emporter par ce mouvement vers un nouvel espoir qui ressemble à un rêve dans lequel elle apprend à voler à son oisillon et le ciel les berce dans son giron de lumière...

Dans la lumière aveuglante de l'après-midi les mains blanches amenèrent dans la pièce un poussin couleur rayon du soleil que les poules et les autres petits ont chassé à coup de bec de la basse-cour. La petite créature n'en était pas triste — elle examina tous les coins des lieux et s'arrêta l'air curieux devant cet oiseau inconnu aux yeux humides qui manifestement n'avait pas l'intention de la chasser... – D'où viens-tu ? — demanda dans un petit cri joyeux le poussin – De la mer — répondit dans un gémissement fatigué la mouette. Elle connaissait bien ces petits cris par la force desquels les jeunes oiseaux apprennent le monde pour avoir l'audace de le survoler ! Celui-ci ne volera jamais, se disait la mouette, mais elle passa les heures de l'après-midi à lui raconter la mer, le ciel, le soleil qui l'allume et les étoiles qui le font briller comme une couronne sur le front de la Terre...

Aucun d'eux n'évoquait ses souffrances, ils cachèrent leurs blessures pour planer avec toute la puissance de l'espoir et de la gratitude au-dessus du miracle de l'Univers...

Un autre miracle naissait et les transportait jusqu'au ciel — le miracle de l'amour retrouvé qui les emportait plus haut que les ailes peuvent aller, là où la soirée écarlate enflammait les nuages. Ils plongeaient dans la clarté du crépuscule sans se douter que lors de cette fête de teintes roses, oranges et mauves l'Étendue leur préparait encore de ses surprises — ces miracles ordinaires et facilement explicables que les ignorants traitent de concours de circonstances et dans lesquels ceux qui ont des ailes savent lire le message des cieux...

La femme aux mains blanches leur apporta la soupe et se mit à genoux sur le plancher couvert des reflets et des ombres pour leur faire accepter la nourriture. C'est à ce moment-ci que la mouette vit ses yeux dont la lumière douce éclairait la pièce mieux que le soleil couchant. C'était la grâce d'un nouveau miracle, celui du voyage au fond du regard de l'autre qui offre le délice de la confiance. La mouette se mit à picoter le pain trempé et encouragea avec un cri sourd le poussin de faire de même. La force leur revenait, et l'invisible bienveillance du ciel considéra qu'il ne leur serait pas impossible de supporter un dernier miracle — dernier pour la journée bien sûr car l'Infini ne compte pas les miracles...

La porte s'ouvrit, laissant passer le souffle de la mer dans la petite maison. Avec l'air frais dans la pièce entrèrent les pas affermis d'un homme et le trottinement d'une fillette dont la voix cristalline et excitée annonça :

— Maman, on a trouvé avec papa sur la plage un oisillon de mouette, il n'est pas blessé mais il a peur... — et l'homme mit dans les mains blanches de la femme aux yeux lumineux un petit être frémissant de vie...

De vie, la vie qu'on croit perdue, précipitée dans le vide, qu'on essaie de sauver au prix des ailes brisées, et qu'on retrouve préservée au bout d'un long voyage vers les vérités de la Vie... Le cœur de la mouette rendait grâce à la force de la vie qui allumait les feux des étoiles dans le cadre de la fenêtre. C'était beau à rêver ! et invitait à repenser cette journée des miracles avant d'imaginer d'autres encore dont l'espoir fait battre le cœur... Cette journée... Au-dessous du ciel bleu et de ses sentiers nuageux embrasés de mille feux, — dans son souvenir, l'écume claire des vagues et l'azur étincelant de la mer, — entre les deux un regard bleu et des mains blanches qui ont bercé avec douceur sa souffrance jusqu'à ce qu'elle s'endormît. Il y avait dans ces mains et ces yeux quelque chose qui s'apparentait à la force salvatrice du ciel et de la mer qui abrite et entretient la vie. Une force qui vient d'ailleurs, et qui fait tourner le monde entre ciel et mer sans le laisser sombrer dans le vide ; une puissance qui produit des miracles — simples et époustouflants — chaque jour et chaque nuit, depuis toujours !

La mouette sentit son cœur rempli de cette puissance qui lui permit d'étendre un peu l'aile blessée sans se soucier de la douleur et d'en couvrir le sommeil confiant du poussin. Sous l'autre aile frétillait de bonheur le petit corps chaud de son oisillon. La Terre, partagée entre l'étendue étoilée du ciel et le murmure apaisé de la mer, fit encore un tour sur la spirale de l'amour vers les miracles à venir...

Le rêve d'un nuage
(La chouette blanche)

La petite chouette blanche ne ferma pas l'œil de toute la nuit. C'est facile de dire que les chouettes sont des oiseaux nocturnes et que de toute évidence elles ne dorment pas sous le clair de la lune. Mais dans notre histoire le clair de la lune est pour quelque chose... La petite chouette donc ne ferma pas l'œil de toute la nuit. Au-dessus de sa tête, dans l'immensité étoilée du ciel, un nuage léger comme le souffle d'un ange couvrait délicatement la face radieuse de la lune. La fumée laiteuse du nuage tamisait les paillettes argentées de lumière lunaire et c'était si fascinant que la petite chouette blanche resta immobile dans la fraîcheur de la nuit habitée par les bruits mystérieux de la forêt. La fraîcheur lui transit le corps jusqu'à ce petit cœur très sensible qui s'agite et qui s'arrête subitement, et qui parait-il est une part essentielle de l'être que le vieux hibou sage essaie de comprendre, sans succès pour le moment. Sous le pennage blanc de la petite chouette ce petit récipient de la vie palpitant se serra d'émerveillement, puis se mit à battre de plus en plus fort, puis encore s'endormit, épuisé, d'un sommeil béat... Le jour venu, quand le rayon de miel lunaire fondit dans la dorure du soleil levant et que le nuage disparut comme un mirage dans les lueurs chaudes de l'aube, le cœur de la petite chouette blanche se lança dans un mouvement brusque et un peu douloureux après la silhouette de dentelle céleste presque invisible, puis se calma, assoiffé, dans un désir qui ne désespérait pas, sous les plumes blanches...

C'est à cet instant même que naquit le rêve — ou plutôt c'était le moment précis où le rêve fut conçu — une idée à peine esquissée, comme enveloppée du voile d'un nuage, germait dans le cœur de la petite chouette. C'était ravissant de suivre sa naissance au fil des jours qui passaient au-dessus de la forêt en frôlant les cimes des arbres... La petite chouette pensait à la lune, ce puits de lumière au milieu du désert de la nuit. La petite chouette savait qu'elle lui ressemblait avec ses plumes blanches et ses yeux couleur ambre qui dissipaient les ombres profondes de la forêt nocturne. Elle voulait, elle aussi, se lancer dans les étendues du ciel suivant les caravanes des étoiles ! Mais... une petite blessure sous l'aile gauche, tout près du cœur, l'empêchait de prendre un envol trop important. Quand même ! une blessure ne peut pas la priver du rêve !

Rêver ! Rêver du ciel, de la fumée brillante des nuages, du coquelicot enivrant du soleil qui apparaît à l'Orient à la fin des ténèbres nocturnes et réveille tous les espoirs... rêver d'un hibou jeune et très spirituel qui habite à la lisière de la forêt et qui aimerait peut-être son rêve du ciel, qui l'aimerait (sait-on jamais) elle aussi malgré la petite blessure près du cœur... Le rêve naissait comme naît le jour — une lueur rosée cède sa place aux sources célestes du pourpre et de l'écarlate, avant que brille la lumière douce et généreuse aux couleurs de l'or et de l'argent, telle l'eau limpide pour les cœurs assoiffés du miracle d'amour. La naissance de tout vrai rêve est un miracle d'amour et c'est ce miracle qui arrivait à la petite chouette blanche — elle aimait !

Elle aimait et elle voulait vivre son rêve — elle attendait sa réalisation... Le matin, la rosée scintillant sous la lueur timide de l'aube lui faisait penser au nuage. À midi, les toiles d'araignées luisantes lui rappelaient son rêve. Et la petite chouette blanche passait des nuits entières à méditer le souvenir de la beauté captivante d'un moment unique, comme si en cet instant inoubliable le ciel lui avait confié un secret... La forêt, aussi vaste qu'elle fût, ne pouvait pas abriter un rêve si grand. Car la petite chouette rêvait du ciel, de ces voies illuminées par des arcs-en-ciel et couvertes du duvet nuageux... La petite chouette n'arrivait pas à tout comprendre — le rêve se dévoilait peu à peu à son esprit comme le visage du soleil se libère des vapeurs froides à la fin d'un matin envahi par la brume. Quand quelque chose échappe à notre entendement (surtout quand il s'agit d'un rêve céleste) il est vain de se forcer l'intelligence. Il faut tout simplement adresser une prière vers l'étendue silencieuse du ciel. Le cœur de la petite chouette blanche envoyait ses signaux angoissés vers l'infini des cieux et attendait patiemment le jour du miracle.

Le miracle, il faut l'avouer, se faisait attendre — le temps d'un miracle, qui peut le prévoir ?! Au-dessus de la forêt glissait lentement l'ouate vaporeuse des nuages du printemps, puis arrivaient les orages de l'été, les brouillards de l'automne s'accrochaient aux branches des sapins, puis cédaient leur nid aux gelées de l'hiver... Trois longues années durant le cœur de la petite chouette blanche attendait ni plus ni moins l'accomplissement de la promesse du ciel. De temps à autre, assez rarement, lui parvenaient des nouvelles du jeune hibou, avec lequel, elle le savait avec certitude, elle pouvait vivre son rêve. C'était un des secrets que lui révélait le clair de la lune perçant un nuage...

Au début de la quatrième année la petite chouette blanche entreprit un voyage osé — peut-être même très courageux pour son aile blessée et pour ses espoirs qui commençaient à s'effondrer tout doucement... Elle se rendit à la lisière de la forêt, là où les nuages se donnaient rendez-vous pour célébrer la naissance de la lumière au lever du jour. Chaque nuage se parait de celle des couleurs de la lumière qu'il aimait le plus et le ciel se transformait en mer sans rivage couverte d'écume scintillant de toute la palette — de rose pâle au rouge éclatant, en passant par l'or et l'ocre. La petite chouette se rendit à cette fête le cœur hésitant et un peu résigné mais pas sans espérance car elle croyait les promesses du ciel. Il y avait, à cette fête, une couleur pour chaque espoir, et la petite chouette blanche y cherchait la sienne... Le ciel, comme à son habitude, lui offrit plus que le rêve — le ciel sait dépasser les rêves puisqu'il les conçoit tous.

La petite chouette blanche se mit un peu à l'écart pour mieux observer le ciel et les nuages qui le peuplaient ! Elle buvait sa lumière et respirait, émerveillée, l'air de la fête, frémissant des chants des oiseaux. Vers le soir le jeune hibou l'approcha et s'enquit timidement :

– À quoi songes-tu, tu as tout le temps des yeux comme ailleurs ?

– J'essaie à suivre mon rêve, il est en train de s'envoler — répondit doucement la petite chouette, et avant qu'elle termine sa phrase, le jeune hibou se lança vers le ciel pâlissant du soir, là où un petit nuage commençait à se noyer dans les vagues de brillance cuivrée, tout en gardant les traces d'argent qui témoignaient d'une nuit passée au sein de la lune... Le nuage glissa au long des derniers rayons du soleil et se posa avec grâce sur les ailes du jeune hibou.

Dans la lumière tendre du coucher la petite chouette blanche vit son rêve descendre sur la Terre par le dévouement de son ami, et elle sut dans son cœur qu'il leur appartenait de vivre le rêve ensemble. Aimait-elle le hibou ou son rêve ? — à vrai dire, l'un par l'autre, mais l'amour s'installait pour toujours sous l'aile blessée et en guérissait la faiblesse... Elle aimait aussi avant tout cet immense ciel, cette étendue de lumière d'où descendait le rêve car le ciel est le pays natal de chaque rêve.

Et tout devenait simple et merveilleux comme un voile de nuage sur les plumes blanches d'une mariée le jour de ses noces... On vit le rêve dans une chapelle de soleil sous l'ombre rafraîchissante d'un nuage et aux sons des chants les plus inspirés des amis — tous les oiseaux de la forêt.

Puis il faut faire le rêve subsister, résister aux tempêtes, le protéger de son pennage, le porter sur ses ailes jusqu'aux nues pour recevoir encore et encore la bécore et encore la bénédiction d'un ciel limpide pour les jours et les nuits qui voient se succéder le clair de la lune et l'éclat du soleil... Dans le nid tapissé de la dentelle d'un nuage reposent trois œufs blancs et ronds comme la pleine lune — la fierté d'une mère et d'un père sans parler de celle de l'arrière-grand-père...

Un jour, au lever du soleil, dans la brume rose qui rappelle un nuage, le rêve se matérialise, se bouscule dans le nid, pousse des petits cris, réclame sa nourriture et grandit à vue d'œil — à faire fondre de joie et d'amour ce petit palpitant, toujours prêt à faire vivre des rêves... Des rêves qui s'envolent vers les cieux pour en solliciter la bienveillance, puis remplissent le cœur de confiance et d'allégresse pour toute éternité. Tout compte fait, peut-être le cœur s'envole plus loin que les ailes. Car, comme l'a noté depuis longtemps le vieux hibou sage, le ciel parle aux cœurs. C'est la petite chouette blanche qui lui avait confié cette vérité vivifiante le jour de ses noces avec le jeune hibou — le petit-fils du sage de la forêt. Une vérité que la petite chouette blanche apprit pendant une nuit éclairée par la lune, bénie par l'apparition d'un nuage... L'apparition d'un rêve si cher qu'il était devenu l'essentiel même de son être et la base d'une intelligence qui dépassait celle des sages... En vrai sage le vieux hibou n'avait pas honte de puiser dans cette intelligence et de la transmettre aux trois petits nuages blancs qui allaient bientôt prendre leur envol vers les étendues argentées du ciel. Pour y trouver leurs propres rêves...

Fin d'Été

Peinture sur satin
de Svétoslava Prodanova-Thouvenin

Des mêmes auteurs :

Prodanova-Thouvenin, Svétoslava (SPTh),
Thouvenin, Patrick (PTh)

Chez le même Éditeur :

Books on Demand GmbH,
12/14 rond-point des Champs Élysées,
75008 Paris, France
www.bod.fr

Collection
"Contes et Merveilles"

Poésie en prose, contes

Le Ciel des Oiseaux blessés
auteur SPTh
• 1ère et 2ème éditions :
ISBN 978-2-8106-1874-3
Dépôt légal : juin 2010 & décembre 2010
• 3ème édition révisée :
ISBN 978-2-8106-1342-7
Dépôt légal : août 2011

À l'heure enchantée de l'amour
auteur SPTh
• 1ère édition :
ISBN 978-2-8106-1963-4
dépôt légal : août 2010
• 2ème édition révisée :
ISBN 978-2-8106-1349-6
dépôt légal : juillet 2011

Contes du Temps
auteur SPTh
ISBN 978-2-8106-1926-9
dépôt légal : septembre 2010
(2ème édition prévue)

Le Continent inexploré
auteur SPTh
ISBN 978-2-8106-1234-5
dépôt légal : mars 2011
(2ème édition prévue)

Dans un Jardin perdus
auteur SPTh
à paraître fin 2011

Série :

Ad Astra

Un roman à suivre, à l'infini...

Ad Astra Tome I
Prologue
auteur SPTh
• 1ère édition :
ISBN 978-2-8106-1186-7
dépôt légal : avril 2011
• 2ème édition révisée :
ISBN 978-2-8106-2158-3
dépôt légal : août 2011

Ad Astra Tome II
Le journal d'Orion
auteur SPTh
à paraître automne 2011

Ad Astra Tome III
Le rêve d'Astra
auteur SPTh
à paraître printemps 2012

Série :
Les aventures de Kécha

*Un conte tendre et profond,
déclaration d'amour à la Création*

Les aventures de Kécha Tome I
La prophétie des Innocents
auteur SPTh
à paraître été 2011

Les aventures de Kécha Tome II
auteur SPTh
à paraître printemps 2012

Collection
"Conversations spirituelles"

Essais philosophiques et spirituels

Les sentiers de la consécration
auteurs PTh & SPTh
à paraître fin 2011

Série :

Histoire des Cieux et de la Terre
de Tome I à Tome XIII
auteur PTh
premiers tomes à paraître en 2011

Site Web de l'auteur :
www.lescheminsduvent.net
Courriel :
lescheminsduvent@wanadoo.fr